하나님나라

하나님나라

ⓒ 김성훈, 2026

초판 1쇄 발행 2026년 4월 20일

지은이   김성훈
펴낸이   이기봉
편집   좋은땅 편집팀
펴낸곳   도서출판 좋은땅
주소   서울특별시 마포구 양화로12길 26 지월드빌딩 (서교동 395-7)
전화   02)374-8616~7
팩스   02)374-8614
이메일   gworldbook@naver.com
홈페이지 www.g-world.co.kr

ISBN   979-11-388-5869-4 (03810)

하나님 나라

김성훈 시집

좋은땅

늘 주님이시라면 어떤 선택을 하셨을까,를
생각하며 하루하루 살았습니다.
이 책을 주님의 은혜가 필요한
모든 사람들께 드립니다.

추천사

무디와 함께 전도자로 활동했던 헨리 워드 비처는 이렇게 말했습니다.

"예수는 어떤 그림도 그린 적이 없다. 그러나 라파엘로, 미켈란젤로, 레오나르도 다빈치의 걸작품들은 거의가 예수에게서 받은 영감의 산물들이다. 예수는 단 한 줄의 시도 쓴 일이 없다. 그러나 단테, 밀턴 등 세계적 시인들 역시 예수에게서 받은 영감으로 걸작을 남겼다. 예수는 단 한 곡의 음악도 작곡한 일이 없다. 그러나 하이든, 헨델, 베토벤, 바하, 멘델스존 같은 거장들의 작품 역시 예수를 찬송하는 작품들이었다."

오늘 책으로 출판되는 이 책의 모든 글들은 저자의 기도와 삶으로 엮어진 주님께 받은 영감의 산물이라 생각되어 감동의 마음으로 추천하면서, 이 글을 통하여 많은 사람들이 주님과 동행하는 삶이 되길 바랍니다.

미국 인터내셔널 리폼드 대학교
International Reformed University & Seminary
부총장 오모세 박사

차례

디딤돌

디뎌도 될까요
당신이 너무 귀해서
디뎌도 될까요
당신이 너무 아플까 봐
디뎌도 될까요
당신이 아픈 줄 알면서도
디디겠습니다
전 당신 밖에는 없습니다
주님
저의 디딤돌이 되어주세요

천사

하얀 눈이 옵니다
하얗게 옵니다
하나님이 눈을 내리십니다

그 눈은 사람들한테 떨어져서 녹아내립니다
그리고 그 눈이 말합니다
하나님이 보내셨다고
눈이 따뜻한 눈물로 변하면서 말합니다
세상을 따뜻하게 만들라고
그래야 하나님 나라 사람이라고

우선순위

정말인가요
하나님만 최고로 사랑하면
다 주시겠다는 말씀
전 준비가 안 됐습니다
어떻게 하면 하나님만 사랑할 수 있나요

고난을 사랑하거라
아파도 하나님이 주시는 건
다 사랑하거라

문제

그건 아무 일도 아니다
너는 그 문제를 바라보지만
난 너만 바라본다
나만 바라봐라
해결됐니
이제 내가 함께해 줄게
이제부터 너의 문제는 내 문제다

고생

꼭 해야 될 일이겠지요
꼭 겪어야 될 일이겠지요
이 시간이 지나면 더 좋은 일이 있겠지요

한 번뿐인 인생이란다
하나님의 마음을 느껴보아라
하나님의 성품을 느껴보아라
그 시간이 지나면
나중에는 나랑 같이
활짝 웃게 될 거야

하나

하나는 외로워서 힘든 게 아니에요
다른 하나가 다가와 주지 않아서 힘든 거예요

나는 늘 네 안에 있는 하나란다
내가 하나인 너와
같이 있는 하나이다

시도 때도 없이

하루 종일 바빠요
순간순간 힘들어요
돈도 벌어야 되고
아이들도 키워야 되고
갖고 싶은 것도 많고

나랑 잠깐 얘기할 시간은 없겠니
사실 그런 모든 걸 내가 가지고 있단다
나한테 물어보렴
언제 주실 건지
어떻게 해 주실 건지

그럼 오늘 좀 주세요

오늘 필요한 건 오늘 줬다
내일 필요한 건 내일 줄 거야

고맙다

오늘 할래
아니면 내일 할래
뭘요
그 사람에게 사랑한다고 말하는 걸
나중에 할게요
아니 그냥 지금 말할게요
고맙다
오늘 할래
아니면 내일 할래
뭘요
그 사람에게 용서한다고 말하는 걸
지금 할게요
고맙다
사랑한다

전도

제가 먼저 사랑할게요
제가 먼저 실천할게요
제가 먼저 배려할게요
여러분 이제 같이 하실래요

첫사랑

처음에는
주님 말씀이 그냥 좋았습니다
길을 걸을 때도
자꾸 생각이 났습니다
밥을 먹을 때도
자꾸 생각이 났습니다
이제는 그 말씀이
항상 생각 속에 있습니다
주님이 말씀하신 건
사랑이었습니다

책가방

주섬주섬 집어넣습니다
주섬주섬 다시 꺼냅니다
그리고 생각합니다
오늘 넣지 못한 마음은 무엇일까요
그리고 꺼내지 못한 마음은 무엇일까요
아 생각났다
하나님께 드리는 사랑의 편지

본향

걸어서 가기에는 너무 먼 곳입니다
아직은 갈 수 없는 곳이에요
도착하면 계속 행복하게 살 수 있는 곳이에요
서두르지 않아도 됩니다
이곳에서 행복하게 서로 사랑하면서 살면
그때 가요

회복 1

주님의 마음은 사랑입니다
하지만 사람의 마음은
완전한 사랑이 되지 못합니다
우리가 주님의 마음을 받고
주님의 생각과 마음으로
세상을 살면
우리가 완전한 하나님의 사람으로의
회복이 이루어질 것입니다
그러나 주님의 마음과 생각을 받고서도
그 마음으로 세상을 살지 못하고
세상 마음과 섞여서 살면
완전한 회복을 이루어내지 못할 것입니다

주님의 마음으로만 생각하고
주님의 마음으로만 살려고 노력합시다
그래야 예수님으로서의 형상 회복이 될 것입니다
이것이 바로 하나님의 사람,
하나님 나라 회복이 될 것입니다

주님의 생각과 마음으로만 살려고 노력하는
하나님의 사람이 됩시다
이것이 완전한 회복이 될 것입니다

회복 2

먼저 하루하루 살아요
내일 하루도 오늘처럼 살아요
오늘의 귀한 마음이
내일 하루의 귀한 마음이 돼요
이 귀한 마음을 잊지 마세요

성도

사랑의 마음을 배워요
하나님께 배워요
그 마음이 사랑이에요
그 삶을 사세요
그러면 하나님의 사랑이 저희와 함께합니다
그것이 성도의 삶이에요

신앙

상처받지 마세요
저와 함께해요
곧 그 상처가 없어질 거예요
소망을 품으세요
그 소망이 항상 사라지지 않을 거예요
그 소망은 없어지지 않는 거예요
하늘 소망이니까

창세기

주님이 지으셨네
아름다운 세상을
주님께서
생명을,
오늘을 지으셨네
내일도 지으셨네
모든 걸 지으셨네
안식도 지으시고
우리에게도 주님의 안식을 주시고
같이 안식하자 하시네

산상수훈

세상을 아름답게 살라고 하십니다
서로 사랑하라고
서로 용서하라고
하나님께서 가장 아름다운 분이십니다
그 아름다움을 저희에게 선물로 주셨습니다
하나님 나라는 아름답습니다

신발

소통해도 될까요
사랑해도 될까요
아직 준비가 되지 않았나요
기다리겠습니다
준비가 되면 말씀해 주세요
항상 신발을 신고
준비될 때까지 기다리겠습니다
준비가 됐나요
달려갈게요

공생애

예수님께서 우리를 위해서
이 땅에서 함께해 주신
사랑의 삶을 기억합니다
그 삶을 통해
저희가 구원을 얻었습니다
이제 저희가 그 삶을 살아가려 합니다
주님 수고하셨습니다
사랑합니다 예수님

선하게 산다는 것은

주위의 바람을 들어보세요
주위의 소원을 들어보세요
그리고 마음을 정하세요
하나님의 마음을 그들에게 전해 주겠다고

쇼핑

선행을 해야 합니다
사랑을 해야 합니다
용서를 해야 합니다
이 중에서 제가 가지고 싶은 걸
사고 싶습니다
얼마면 살 수 있을까요

그건 너의 마음속에 있단다
네가 갖고 싶다면
내가 줄게
나는 예수님이다

소통

먼저 일어나세요
제가 먼저 일어날게요
늦었지만 감사해요
진심으로 감사합니다
소중한 걸 주서서 감사합니다
먼저 배려할 수 있는 입술을 주서서
감사합니다

보물

정 내키지 않으면 안 주서도 돼요
좀 이따 줄 거야
정말 주실 거예요?
지금 주면 그건 소중한 게 아닐 수도 있단다
언제 주실 건데요?
너의 마음이 나의 마음과 하나가 될 때
그게 뭔데요?
영원을 사모하는 마음
영혼을 사모하는 마음
모두를 위해서 하나가 될 수 있는 마음
하나를 위해서 모두가 될 수 있는 마음

소원

저는 이걸 갖고 싶습니다
저는 많은 걸 누리고 싶습니다
그리고 행복해지고 싶습니다
사랑하고 싶습니다
하지만 이 모든 것이 주님 뜻이 아니라면
내려놓겠습니다
제 소원보다는 주님의 소원을 들어드리겠습니다
주님의 소원은 무엇인가요
하나님의 사람이 되거라
그것뿐이다

나무 1

하나님께서는 큰 고목이십니다
우리는 거기 붙어있는 가지입니다
늘 하나님 안에 붙어있으면서
우리도 다른 가지를 뻗어나가게 하는 가지입니다

고목이 우리를 자라게 하고
또 다른 잔가지들도 자라게 합니다
주님이 우리를 훈육하시고 양육하셔서
늘 사랑으로 감싸 주듯이
우리도 다른 잔가지들을 사랑으로써 감싸 줘야 됩니다

우리는 늘 주님 안에 붙어있는 나뭇가지입니다
주님께서는 늘 우리를 바라봐 주시는
큰 고목이십니다
늘 한결같은 마음으로 바라봐 주시면서
이렇게 말씀하십니다
사랑하거라
용서하거라

화평하거라
평안하거라
온유하거라
그렇게 살아서 천국에 가면
예수님과 같은 모습으로 살아가거라

그래서 늘 이렇게 말씀하십니다
우리는 주님 안에 있을 때가 가장 큰 행복이라고
가장 큰 사랑이라고
가장 큰 가지라고

나무 2

맴맴맴맴
매미는 나무에 붙어서
하루를 평안한 휴식을 누립니다
울기도 하고 평안하게 휴식을 누립니다
우리에게 있어서 나무는
하나님이십니다
주님 안에 있을 때만
진정한, 평안한
휴식을 누릴 수 있습니다
우리에게 가장 큰 나무는
예수 그리스도이십니다

선교사

여행을 떠나요
아침에 눈을 뜨면 마음을 정하세요
서운해 마세요
이 땅 잔치에 참여 못 한 것을
제가 영원한 잔치에 초대받았어요
저랑 같이 가요

골목길

좁은 길이긴 해요
넓은 고속도로보다 안전한 길이에요
많은 사람들이 가는 길은 아니랍니다
그래서 안전합니다
저랑 도란도란 얘기하면서
같이 걸어가요

사탕

달콤하긴 해요
너무 좋아하지는 마세요
이제야 드리게 되네요
힘드셨죠
사탕은 달콤하지만 유익이 없어요
이 약을 드세요
생명수

* 사탕 = 세상 욕심, 생명수 = 예수

거룩

하나님 안에만 있네
하늘나라 온갖 좋은 것
하나님을 아는 것이 가장 거룩하네
하나님이 가장 거룩하신 분이니
하나님이 우리에게 주기 원하시네
하늘나라 가장 귀한 거룩한 분
예수

전도서

하나님은 세상 것 헛되다 하시네
하나님은 하나님의 것만 귀하다 하시네
사람들은 헛된 걸 사랑하고
헛된 걸 위해 살다가 죽네
하나님의 사람은
하나님만 사랑하다가
영원히 사네

하나님의 마음

천천히 가렴
뛰지 말아라
좀 늦어도 괜찮아
빨리 가지 않아도 된단다
내가 같이 가니까 괜찮다
놀라지 말아라
안정하거라
내가 같이 있으니까 괜찮다
괜찮아 다 괜찮다
모든 걸 나와 함께하자
다 괜찮다
내가 함께 있으면 괜찮다
안심해도 돼
나와 함께 있으면
괜찮다

하나님의 사람

제가 가진 걸 좀 나누어 드릴게요
제가 도와드릴게요
제가 손잡아 드릴게요
저는 하나님의 사람입니다

보이지 않는 손

제가 손이 모자라
연약한 사람을 도울 수 없을 때
하나님께서 주시는 마음의 손으로 돕게 하소서
제가 손이 모자라 도울 수 없을 때
하나님께서 주시는 생각의 손으로 돕게 하소서
제가 아무 것도 없을 때
주님께서 저 사람을 사랑하소서

반석

튼튼하네 든든하네 기대되네 사랑하네
나의 믿음의 반석 예수 반석
모든 걸 지탱해 주네
사랑의 반석

잉태

구슬은 영롱한 빛을 냅니다
그렇다고 빛을 낳지는 못합니다
사탕은 달콤합니다
그렇다고 달콤한 행복을 낳지는 못합니다
만약에 오늘 하루 사랑하셨다면
그 사랑이 다른 사랑의 열매를 맺을 것입니다

하나님

하나이신 분
모든 만물을 지으신 분
다 가지신 분
전능하신 분
소원을 말씀하세요
아니 소원을 드리세요
그분이 소원을 가지십니다
그리고 다시 우리에게 주십니다
하나님만이 하실 수 있습니다
그분께 드리세요
그분이 가지시고 다시 주십니다

부활

한 번뿐인 인생입니다
하지만 다시 살 수 있습니다
영원을 사모하세요
다시 살 수 있습니다

배려

힘드니
네 힘들어요
아프니
네 아파요
내가 뭘 어떻게 해 주면 좋겠니
그냥 옆에만 있어 주세요
언제까지 있어 주면 되겠니
영원히요
알았다 내가 옆에 있어 줄게
근데 누구세요
나는 예수님이다

식사 기도

하나님
따뜻한 밥 주서서 감사합니다

사람의 마음에도
따뜻한 온기를 주서서
세상을 따뜻하게 할 수 있는
하나님의 사람이
모두 다 될 수 있도록
허락해 주세요

사랑하는 너무나도 따뜻하신
예수님의 이름으로
기도드립니다 아멘

아멘

늘 믿습니다
힘들어도
외로울 때도
아플 때도
기쁠 때도
길을 걸을 때도
예수님이 늘 함께해 주심을
아멘

바보

세상에서 어린아이처럼 순수하고
그런 세상을 살면
세상 사람들로부터는 바보 취급을 받네
하지만 하나님 나라에서는 가장 귀한 천재네
하나님 뜻대로 세상을 살았기 때문이라네

세상에서 똑똑하게 살면
하나님께서는 바보로 여기네
세상 것 욕심내고 자기 하고 싶은 대로 하고
사람들 힘들게 울리면
하나님께서는 그 사람을 바보처럼 아네
그 사람은 영원한 세상을 알지 못하기 때문이네

하지만 어린아이처럼 순수하게 살면
하나님 나라에서는 가장 높은 나라를 보장받을 수 있는
하나님 나라 사람이라네
가장 귀한 예수님만 의지하는

하나님 나라 사람이라네

세상 나라와 하나님 나라

우리가 하나님 나라로서 세상을 살면
세상 나라 사람들이 힘들게 한다
하나님의 성품으로 사는 사람들이
하나님 나라 사람들인데
세상 성품을 가지고 사는 사람들이 힘들게 한다
같은 나라가 아니니까
하나님 나라 가는 것을 방해하는 것이다

세상 나라와 하나님 나라는 서로 반대된다
세상 성품을 가진 세상 나라 사람들은
이 땅의 것을 욕심내어
이 땅의 편안함만을 위해서 산다
하나님 나라 사람들은 세상의 성품대로 살지 않고
이 땅에서 하나님의 성품대로
사랑하고 희생하고 헌신하며 평안하게 산다
서로 살아가는 방식이 다르다

그래서 하나님 나라 사람들은

세상 나라 사람들에게
손해 보며 산다

어른의 생각과 아이의 생각

이 땅에서 하나님의 사람으로서의 아이의 생각은
하나님 나라에서는 가장 높은 존귀한 생각이다
왜냐하면 어린아이의 생각이
가장 순수하고 꾸밈없고 거짓이 없기 때문이다
그 어린아이의 생각이
하늘에서는 가장 높은 생각이다
그래서 이 땅에서
어린아이의 순수한 생각과 순수한 마음들이
하늘에서는 가장 큰 어른의 생각이 될 수도 있다
성경에도 나와 있듯이 어린아이와 같은 자들이
하늘에서는 가장 존귀하고 높은 자들이기 때문이다

이 땅에서 어른의 생각은
세상적인 욕망과 세상적인 선택과 세상적인 삶이기 때문에
그러한 생각들이 하늘의 생각은 되지 못한다
그렇기 때문에 이 땅에서의 어른의 생각이
하늘에서는 전혀 대접받지 못하는 생각이다
가장 순수한 어린아이의 생각과 믿음이

예수님께서는 너무나도 귀하게 보시는 믿음이고 예수님의
생각과 가장 가깝다

이 땅에서의 어른의 생각은
세상 하나님의 생각과 가장 가깝다
세상 하나님은 어떤 하나님인가
세상 공중권세를 잡고 있는 사단이
세상 하나님이다
세상적인 어른의 생각은 사단의 생각과 일치한다
남의 것을 빼앗아야 자기가 높아질 수 있고
남을 딛고 일어서야
자기가 높은 단계에 오를 수가 있다는 생각
이런 것이 세상 공중권세를 가진 사단의 생각과
일치한다

그러므로 하늘에서 가장 존귀한 대접을 받는 아이는
성경에도 나와 있듯이
어린아이의 순수한 성품과 꾸밈없는 마음이다

예수님의 성품과 가장 가깝기 때문이다
하지만 세상에서의 어른의 생각은
세상적인 편협한 생각이 너무나도 많기 때문에
세상 공중권세를 가지고 있는 사단의 생각과
일치한다
그런 사람들은
하늘에서 대접을 받지도 못할 것이고
하늘에서 그 이름이 불리지도
생명책에 그 이름이 적히지도 않는다

성탄

주님이 아기가 되어서 오셨네
고요한 밤을 거룩한 밤으로
만들어 주셨네

바람

세상에게 바라봅니다
영원한 걸 줄 수 있냐고
하지만 세상은 영원한 걸 줄 수 없습니다
예수님께 바라봅니다
영원한 걸 줄 수 있냐고
예수님은 줄 수 있다고 하십니다
그래서 저는 하나님께만
모든 걸 바라봅니다

출석

아침에
세상을 향해 출석합니다
제가 할 일을 하러
출석합니다
하나님께 출석하는 게 뭔지
생각해봅니다
하나님께 내 마음을 드리고
생각을 드리고
함께 하나님과 동행하는 것이
하늘 출석입니다

지금은
제가 세상에서 할 일을 하러
출석하고 있지만
언젠가는 때가 되면
하나님 나라에만
출석하는
그날이 오기를 기도합니다

로드맵

여러분,
길을 잃었나요
우울할 때 어디로 가야 할지 모르나요
힘들 때 어디로 가야 할지 모르나요
슬플 때 어디로 길을 가야 할지 모르나요
마음이 많이 아플 때
좀 쉬고 싶을 때 어디로 길을 가야 할지 모르나요
하나님의 말씀은 성경 속에 있습니다
그것은 우리 영혼의 로드맵이 되어 줄 것입니다

우리는 성경을 통해서
하나님의 길을 걸어갈 수 있습니다
지금 당장은 그것이
막연하게 느껴지고 힘든 길인 것 같지만
길을 가다보면
어느새 하나님과 동행하는 길을
걸어가고 있을 것입니다
그것이 바로 천국 나라, 하나님 나라의

로드맵입니다

성경 속에 답이 있습니다
성경을 보세요, 여러분
모든 인생길의 로드맵이 되어 주실 것입니다

천국이라는 자동차

여러분,
너무 먼 길을 가려면
걷기에는 너무 힘들지요?
그래서 우리는
자가용이나 버스나 지하철을 탑니다
삶의 길에 서서
먼 산을 바라볼 때
저기를 언제 올라갈까, 하는
마음들이 있지요
그럴 때 우리는 저 산을 바라보지 않고
그냥 걸어가다 보면 어느새 저 산에
도착해 있습니다

우리가 늘 삶을 살아갈 때
예수님과 한 발자국 한 발자국 걷습니다
그 뜻은
오늘 하루도 예수님의 성품과 마음으로 살아가는
그 한 발자국 한 발자국이

예수님과 동행하는 발자국이 되기를 바라시는
하나님의 마음입니다

천국이라는 자동차는
세상의 교통수단을 말하는 것이 아닙니다
주님과 동행하는 한 발자국 한 발자국이
바로 천국이라는 자동차입니다

예수님의 십자가

하늘에서 예수님이 십자가를 가지고 내려오셨네
사람들을 위해서 십자가를 가지고 오셨네
그 십자가에서 사람들을
서로 화목하게 하고
서로 사랑하게 하고
서로 평안하게 하고
서로 화평하게 하고
서로 용서할 수 있게
예수님께서 친히 십자가를 가지고
이 땅에 내려오셨네

그래서 예수님이 십자가에서 흘리신 보혈의 의미로
예수님을 바라보면서
그 십자가에서
서로 화해하게 하고
서로 사랑할 수 있게
서로 용서할 수 있게 해 주셨네

우리 자신의 모든 아픔을 주님께 드림으로써
십자가에서 모든 것을 이루신
예수님의 십자가의 의미를 바라보네

결국 예수님의 십자가는
하늘에서 주님이 사람들을 위해
친히 가지고 내려오신
사랑과 용서와 화해의 십자가네

보석

우리가 생각하는 보석은
눈으로 보이는
세상의 온갖 값진 금과 은과 진주 목걸이
또는 세상의 돈일 수도 있다
하지만 하나님의 사람의 보석은
하나님의 성품과 마음이다
그 마음으로 삶을 살면
우리가 삶으로 귀한 보석을 얻어낼 수 있다
이것이 하나님의 사람의 귀한 보석이다

세상에서는 눈으로 보이는 귀한 것들이
귀한 보석이 될 수 있다
그건 세상적인 시선으로 봤을 때 귀한 보석이다
하지만 하나님의 사람의 귀한 보석은
하나님의 성품과 마음으로
세상을 살아가고 살아내는 것이
가장 귀한 보석이다
왜냐하면 하나님께서는

모든 걸 다 가지신 분이기 때문에
모든 걸 다 가지신 분이
가장 귀한 보석이 될 수 있다
그것이 바로 예수 그리스도이다

그분의 성품과 마음이 가장 귀한 보석이다
그분의 성품과 마음으로 세상을 살면
우리도 이 땅에서 귀한 보석이 될 수 있고
그렇게 세상을 살아갈 때
많은 귀한 열매를 얻을 수가 있다
그것이 바로
하나님 나라의 사람들이고 하나님 나라이다
하나님 나라를 확장시켜 가는 것이
가장 귀한 보석이다

기름 부음

하나님께서는 주님의 깨끗한 것들을
저에게 주기를 원하십니다
그래서 우리는 하나님의 깨끗한 생각과 마음을
하나님의 기름 부음이라고 생각합니다
그 기름 부음으로 은혜롭게, 매끈매끈하게
세상을 살아가기를 희망합니다

하나님의 생각과 마음이
우리 안에 기름 부음으로 임하셔서
그 기름 부음으로 세상을
매끈매끈하게 살아가기를 희망하십니다

세상을 매끈매끈하게
하나님의 기름 부음으로 살아간다는 뜻은
하나님의 생각과 마음이
우리 안에 기름 부음으로 부어져서
세상을 주님의 깨끗한 기름 부음으로
매끈매끈하게 살아간다는 것을 말씀하는 것입니다

깨끗한 기름 부음이 임하면
세상을 매끈매끈하게 살아갈 수 있습니다

하나님의 기름 부음을 희망합시다

병원

우리는 아프면 병원에 갑니다
육신의 병을 고치러 가고
어떨 때는 마음이 아플 때도 병원에 갑니다
하지만 우리의 영혼이 아플 때
어디에 가야 되나요?
우리는 예수님이라는 병원을 찾아야 됩니다

우리의 몸과 마음이 아플 때는
하나님께서 세상 병원을 통해서
고쳐 주실 수도 있고, 고쳐 주실 때도 있습니다

하지만 우리는 예수님이라는 병원을
항상 찾아야 됩니다
왜냐하면 예수님께서
우리 생각과 마음을 새롭게 해 주시고
고쳐 주시기 때문입니다
우리는 세상을 살아갈 때
가장 큰 병원인

예수님이라는 병원을 놓치고 살아갑니다
육신과 마음이 아프면
세상 병원을 찾을 수도 있지만
우리 영혼이 힘들 때는
예수님이라는 병원을 찾아가야 합니다

사랑하는 여러분
늘 잊고 살아가는 게 있습니다
예수님을 영접하고 세상을 살아갈 때
너무 많이 힘들면
예수님이라는 병원과 늘 동행하는
그런 사람이 되어야 합니다
우리는 예수님이라는 병원에 늘 가야 됩니다
왜냐하면 그곳을 통해서
우리의 생각과 마음이
늘 새로워져야 하기 때문입니다

예수님의 병원은 눈에 보이지 않게 있습니다

우리 마음 안에 있기 때문입니다
우리 마음 안에 있는 예수님이라는 병원과
늘 동행하는 하루하루가 되어서
늘 새로운 생각과 마음으로 세상을 살아가는
하나님의 귀한 사람들이 됩시다

지우개

하나님께
제 죄를 지워달라고 요청합니다
하나님이
죄를 지워주겠다고 말씀하십니다
그런데 조건이 있습니다
예수님을 영접해야
지난날들의 죄가 지워진다고 하십니다
그래서 예수님을 영접합니다
지난날들의 제 죄가 지워졌습니다

하나님께서는
나의 아픔도 다 지워주신다고 하십니다
예수님의 보혈의 지우개로
지워주신다고 약속하십니다

예수님
사랑합니다

교회

교회는 예수님입니다
우리는 주일에 예수님 몸 안으로 들어갑니다
주님께서 주시는 참 평안과 사랑을 느낍니다
그래서 하나님의 사람으로서
주님이 주시는 깨끗한 것들을 공급받습니다

교회는 예수님의 몸입니다
우리는 주일마다 예수님의 몸 안으로 들어갑니다
우리의 생각과 마음을 내려놓고
주님의 몸 안으로 들어갑니다
그래서 주님으로부터 오는 깨끗한 것들로
다시 공급을 받습니다
그리고 다시 새로워져서
세상이라는 곳으로 다시 나아갑니다
그리고 또 주일에 예수님의 몸 안으로 들어갑니다

사랑하는 여러분
매일매일 주님의 몸 안으로 들어가는

예배자가 되기를 희망합니다

마음

하나님께서는 사람의 마음을 만든 분이십니다
그래서 우리가 하나님께 기도하면
그 마음속에 하나님의 것을 부어 주십니다

그리고 사람의 생각도
하나님께서 만들어 주셨습니다
그 생각을 통해서
우리가 기도하고 하나님의 말씀을 읽고 묵상하면
하나님께서 어떤 생각을 주십니다

우리는 하나님의 사람이자 예수님의 제자들입니다
그렇기 때문에 하나님께서 공급해주시고
하나님께서 가는 길을 우리도 따라가야 됩니다
왜냐하면 하나님께서 우리를 지으셨기 때문입니다

생각과 마음을 깨끗하게 합시다
그래야 우리 하나님의 것이 부어질 때
다른 불순물이 묻지 않을 것입니다

세상적인 생각과 세상적인 마음을 잠깐 내려놓고
하나님의 생각과 하나님의 마음을 달라고
기도하고
말씀으로 무장하고
그렇게 살아냅시다
그러면 하나님의 생각과 마음이
우리 안에 부어져서
깨끗한 것들로 세상을 살아갈 수 있습니다

세상적인 불순물인 생각과 마음을 내려놓고
하나님의 것들을 받도록 노력합시다
하나님의 생각과 마음으로 세상을 살다 보면
세상은 하나님께서 주시는 선물이 될 것입니다

소리

우리 마음에 우리 생각에
눈에 보이게 소리가 임하네
그건 하나님 음성이라네

하지만 눈에 보이지는 않는다네
하나님께서 영으로 존재하시고
하나님께서 영으로 말씀하시기 때문에
눈에 보이지는 않는다네

하지만 우리 마음에 소리는 들리네
하나님의 음성이 들리네
착하게 선하게
예수님의 성품대로 살아가라고
그리고 세상을 삶으로도 지켜내고 살아가라고

하지만 하나님의 음성과 소리는
눈에 보이지는 않는다네
그렇게 세상을 살아갈 때

우리에게 마음이 훈훈한 소리가 들리네
아, 하나님의 뜻대로 살았으니
주님께서 기뻐하시겠다고
그 소리가 우리 마음과 생각에서 들리네
아, 그래서 우리는 하나님 나라의 생각이라네

전도사

하나님 전합니다
서로 사랑하세요
용서하세요
힘내세요
예수님이 여러분을 사랑하십니다
여러분,
사랑을 전도하세요
그러면 여러분도
하나님의 전도사입니다

동무

어렸을 적 동무 있었지
늘 함께 다녔지
지금은 함께 다니지 못하지
하지만 나에겐 영원한 동무 있지
예수 동무
영원한 나의 동무

마룻바닥

시골 마룻바닥
정겨운 마룻바닥
하나님 마룻바닥
영원히 정겨운 마룻바닥
늘 안식을 취할 수 있는 영원한 마룻바닥
하나님 마룻바닥
오늘도 하나님 마룻바닥 누워서
하늘 하나님 얼굴을 바라보네

선지자

선지자는 하나님의 말씀만 전하는
가장 어린아이 같은 사람입니다
선지자는 하나님만 최고인 줄 아는 사람입니다
선지자는 인간적인 생각을 하지 않습니다
선지자는 하나님께만 순종합니다
선지자는 가장 연약하고 순수합니다
선지자는 예수님만 바라봅니다

우리도 선지자가 됩시다
예수님의 이름으로
귀한 하나님의 뜻만 순종하고
귀한 하나님의 이름으로만 살아가는
우리도 하나님의 선지자가 됩시다

서약

함부로 사람들에게 맹세하지 맙시다
함부로 사람들에게
나를 믿어달라고
나를 못 믿냐고
맹세하지 맙시다
그리고 나는 착한 사람이라고
함부로 사람들한테 얘기하지 맙시다
왜냐하면
가장 선하신 분은
하나님 한 분밖에 없기 때문입니다

우리는 하나님의 이름으로 생각하고
하나님의 이름으로 맹세합니다
하지만 아무도 자기 이름으로 생각하고
자기 이름으로 맹세하지 맙시다
그 뜻은
사람은 언제나 변하기 때문입니다
하지만 하나님의 약속은

변하지 않기 때문입니다
그러니
예수님의 이름으로 맹세하고
예수님의 이름으로 서약합시다
자기의 이름으로 서약하고 맹세하지 맙시다
왜냐하면 사람은 언제나 변하기 때문입니다

하지만 한 분뿐인 예수님은
변하지 않는 우리들의 하나님이시기 때문입니다

보화

하나님의 보화는
우리 마음 안에 있습니다
그래서 하나님의 보화는
어디에 숨겨져있는 것이 아닙니다
우리 마음 안에
하나님의 성품과 하나님의 마음이 임하면
그것이 바로 가장 귀한 보화입니다

세상에서는 눈에 보이는 것들
아름다운 건물, 좋은 직장, 돈이 보화일 수 있습니다
하지만 하나님의 보화는
우리 마음 안에 생각 안에
우리가 기도와 말씀으로 살아가고 살아낼 때
하나님께서 주시는 어떤 생각과 마음이 있는데
그것이 바로 하나님의 가장 귀한 보화입니다

하나님의 귀한 보화는
우리가 세상을 하나님의 성품대로 살아갈 때

내려주시는 하나님의 귀한 선물입니다
그것이 가장 귀한 하나님의 보화인데
그것이 바로 우리가 먹고 살 수 있는
귀한 하나님의 열매입니다
그러면 하나님께서는
세상 것들도 허락해 주십니다

하나님께서는 딱 필요한 만큼만 주십니다
왜냐하면 그것이 가장 귀한 보화일 수 있습니다
우리는 너무나도 많은 것들을 원하고 있습니다
하지만 하나님께서는 가장 필요한 곳에
필요한 만큼만 주십니다
그것이 바로 하나님의 뜻입니다
하나님께서 딱 알맞게 주시는 것이
가장 귀한 보화입니다

미련

눈에 보이는 것에 너무 집착하지 맙시다
눈에 보이는 아름다운 것들
눈에 보이는 꿀 같은 것들
눈에 보이는 큰 건물들
눈에 보이는 화려한 직장들
눈에 보이는 화려한 세상에
집착하지 맙시다
그냥 하나님의 사람으로서 평범하게
세상을 살아갑시다
그러면 그러한 것들은
하나님께서 보시기에 필요하면
우리에게 주시는 선물일 것입니다
하지만 눈에 보이는
그런 것들을 위해서 살면 안 됩니다
우리가 하나님을 위해서 살 때
그런 것들은 하나님께서 공급해 주시는
선물이 될 수는 있습니다
하지만 눈에 보이는 것들을 위해서 살면

하나님을 선물로 받을 수는 없을 것입니다

우리에게는 예수님이라는
귀한 선물이 있습니다
우리를 천국으로 인도하는
길잡이가 되어 줄 수 있는
귀한 선물입니다
가장 귀한 선물은
예수님입니다

성전

성전은 예수님의 자리입니다
우리 마음 안에 성령님이 계십니다
그래서 성령님이 계시는
우리 마음 안이 성전입니다

눈에 보이는 성전도 있습니다
바로 교회입니다
어느 곳에 가든지
교회에 가든지
우리 마음 안에 성령님과 동행하든지
모든 곳이 성전입니다
교회 가서 예배드리고 하나님 말씀 듣는 것도
귀한 성전 안에서의 예배입니다
하지만 우리 마음 안에서
성령님과 서로 교통하고
성령님의 마음을 받아서 살아가는 것도
성전 안에서의 귀한 예배입니다

하나님의 말씀대로 세상을 살아가는
귀한 하나님의 사람이 됩시다

하나님과 나

하나님이 오라 하시는 곳에
나 있기를 원하네
하나님이 가라 하시는 곳에
나 있기를 원하네
하나님은 항상 옳으시기 때문이라네
항상 옳으시기 때문이라네

주님이 원하는 곳에
항상 내가 있기를 원하네
나는 하나님의 사람이기 때문이라네
나는 하나님의 사랑이기 때문이라네
주님이 나를 원하시기 때문이라네
항상 주님이 원하시는 곳에
내가 있기를 원하네
주님이 원하시고 계획하시는 곳에
내가 있기를 원하네

나는 하나님의 작품이기 때문이라네

나는 하나님의 사람이기 때문이라네

구약

구약은 어떻게 하면 하나님을 만날 수 있는지
거룩한 규범과 규례와 율법에 대해서
얘기합니다
하나님이 어떤 분인지 점차 알아갑니다
하나님이 얼마나 거룩하신 분인지
규범과 규례와 하나님의 성품에 대해서 알려 주고
하나님께서 인간에게 주신 귀한 율법들을 통해서
하나님의 성품을 지키고
하나님만을 사랑하게 하는 것이
구약의 율법이자 구약의 역사입니다

구약은 하나님을 사랑하는 방법을 알게 하시고
하나님이 한 분뿐인 것을 알게 하십니다
그 하나님만을 바라보고
그 하나님만을 사랑하는 법을 가르쳐 주는 것이
하나님이 우리에게 주신
귀한 구약의 율법입니다
하나님을 알게 하려고

하나님을 사랑하는 법을 알게 하려고
세우신 율법입니다
그래서 언젠가는
하나님의 나라로 인도하게끔 만들어가는 것이
바로 구약의 율법입니다
하나님만을 사랑하는 사람이 됩시다

목자

목자는 양치기입니다
예수님께서 친히 어린양이 되어 주셔서
이 땅에 오셨습니다
어린양의 모범이 되어 주셨습니다
예수님께서 우리들의 양치기가 되어 주셨습니다
왜냐하면 첫 어린양이시기 때문에
어린양들을 이끄시는 가장 완벽한 어린양이
바로 예수님이십니다

우리들에게 친히 양치기가 되어 주셔서
우리들을 어린양으로 만들어가시고
이끌어가십니다

때로는 채찍질도 하시고
때로는 상처를 꿰매 주시고
때로는 아픔을 함께 인내하며
같이 고민도 하시고 같이 아파하십니다
그렇게 완벽한 하나님의 어린양이 되어 주신

예수님을 닮아가라고 말씀하십니다
어린양이신 예수님이 우리에게 늘 말씀하십니다
하나님의 순전한 어린양이 되어야 한다고

그러면 우리들은 하나님의 순전한 어린양이신
예수님을 바라보며 이렇게 마음가짐을 합니다
예수님이 첫 어린양이 되셨으니
예수님의 친구 어린양이 되겠다고
그래서 예수님은 우리의 목자 되신 첫 어린양이자
양치기이십니다

하나님의 율법

하나님의 구약의 율법은
사람들의 죄를 깨닫게 합니다
하나님의 성품으로 세상을 살 것을
말씀하십니다

하나님의 신약의 율법은
사랑의 완성을 말씀하십니다
예수님을 통해서
하나님의 사람으로서 어떻게 살아야 될 것을
말씀하시고
하나님의 사랑으로서 사랑의 율법을 완성시킵니다

구약의 율법은 하나님께서
하나님의 성품으로 살지 못한 죄를 깨닫게 하시고
신약의 율법은 예수님을 통해서
사랑의 완성을 말씀하십니다

우리는 예수님을 통해서

영적 이스라엘 백성이 되었습니다
예수님의 사랑 안에 있고
사랑의 율법을 완성하신
예수님을 믿고 의지합니다
결국 하나님의 율법은 사랑입니다

성령 수양회

여러분,
좀 쉬고 싶으시죠?
안식하고 싶으시죠?
그리고 마음 편히 휴식을 취하고 싶으시죠?
여러분을 성령 수양회에 초대합니다

성령 수양회가 뭐냐고요?
마음을 주님께 맡겨보는 것입니다
주님께 맡기면 하나님께서 어떤 마음을 주시는지
그 마음을 받아서 성령님과 함께
평안을 누려보는 것입니다
그것이 바로 성령 수양회입니다

여러분
지금 당장은 막연하게 느껴지고
마음을 맡기기가 힘들겠지만
눈에 보이는 세상 속에서
눈에 보이는 것들을,

잠깐만 마음을 내려놓고
하나님께 그 힘든 마음을 맡겨보세요
그리고 기도해보세요
주님의 마음을 받아보세요
성령님과 함께 평안을 누려보세요
그것이 바로 성령 수양회입니다

구역장

우리 구역에서는 내가 구역장이네
하나님 말씀 전하는 내가 구역장이네
하나님 나라에서는 예수님이 구역장이네
하나님 말씀 전하는 예수님이 구역장이네
우리 동네에서는
내가 예수님 말씀 전하는 구역장이네
이 땅에서 나는 구역장의 임무를 맡아 살아간다네
왜냐하면 예수님께서 나에게 맡겨 주신
사명이기 때문에

그러나 언젠가 하나님 나라에 가면
예수님이 구역장이네
왜냐하면 예수님이 하나님이시니까
이 땅에서는 내가 구역장이네
예수님 말씀 전하는 하나님 나라 사람이니까

여리고성과 아이성

하나님이 말씀하셨네
여리고성은 금방 무너질 거라고
하지만 사람들이 믿지 않았네
하지만 결국 하나님 말씀대로 무너졌네

하나님께 묻지 않았네
아이성은 쉬워 보여서
결국 아이성에서 패배하고 말았네
하나님 뜻대로 되었네

눈에 보이는 게 아무리 쉬워 보여도
하나님 뜻이 아니면 결코 정복할 수 없네
하지만 눈에 보이는 게
아무리 어렵고 힘들어 보여도
그것이 하나님 뜻이면 쉽게 정복할 수 있었네
결국 하나님 말씀대로 모든 게 다 이루어졌네
결국 예수님이 승리하셨네
예수님 이름으로 우리도 승리할 수 있었네

하나님 나라의 비밀

하나님 나라에는 비밀이 딱 한 가지밖에 없습니다
그러나 모든 사람들에게 공개된 비밀입니다
예수님 믿으면 천국 가고,
안 믿으면 지옥 간다는 얘기입니다
그것이 하나님 나라의 유일한 비밀입니다
그러나 모두에게 공개된 비밀입니다

하나님은 우리에게 비밀이 없으신 분입니다
좁은 길을 가는 것이
이 땅에서 살아가는 가장 훌륭한 비밀의 길입니다
누구에게나 공개된 비밀의 길입니다

예수님의 성품과 마음으로
그 비밀의 길을 걸어가면
천국에 갈 수 있고
그 비밀의 길에 들어서지 못하고 넓은 길에 가서
자기 욕심대로 자기 하고 싶은 대로
세상을 살다 보면

그 비밀의 길을 가지 않았으니
천국에 이르지 못하고
하나님 나라를 알지도 듣지도 갈 수도 없습니다

누구에게나 공개된 비밀의 길은
예수님의 길이고 좁은 길입니다
그것이 유일한 하나님 나라의 비밀의 길이고
좁은 길의 비밀입니다

선택

우리는 하루의 일생을 살아갑니다
하루에도 여러 번의 선택을 합니다
그 선택을 통해서
우리는 착한 사람도 될 수 있고
나쁜 사람도 될 수 있습니다

그러나 우리가 예수님을 영접하고
하루의 삶을 살아갈 때
하나님의 사람으로서의 선택을 하면
한 걸음 한 걸음 더
하나님 나라에 들어설 수가 있습니다
그게 바로 하늘 사람, 하나님 나라 사람으로서의 선택입니다
하지만 옳지 못한 선택을 할 때는
하나님 나라에 한 발자국도 내디딜 수가 없습니다
결국 하나님 나라에 들어가기 위해서는
하루를 살아갈 때 하나님의 사람으로서
옳은 선택을 해야 합니다
그것이 가장 귀한

하나님 나라의 하나님의 사람으로서의
선택이 될 것입니다

그러니 사랑하는 여러분
늘 예수님의 성품을 닮아서
하나님 나라의 백성이 될 수 있게
하루하루의 선택을 하시기를 바랍니다

용서

사랑을 해보셨나요
그리고 그 사랑을 지키려고 노력하셨나요
용서를 해보셨나요
그 용서하는 마음을 끝까지 지키려고
노력해보셨나요

우리가 사랑하는 사람을 사랑할 때는
쉽게 사랑이라는 선택을 할 수 있습니다
그러나 우리가 원수를 용서할 때
그 선택을 하기가 쉽지는 않습니다

우리가 사랑도 영원히 지켜내듯이
용서도 영원히 지켜내면
주님께서 우리에게
영원한 사랑과 용서를 주실 것이고
그 사랑과 용서의 선택이
우리를 하나님 나라로 인도할 것입니다

복음

하나님은 복잡하지 않으시고 단순하신 분입니다
그 단순한 하나님의 아름다운 성품을
우리가 하나님의 단순한 사람으로서
그 마음을 받기를 바라십니다
또 그 마음으로 세상을 선하게 살기를 바라십니다
이것이 바로 복음입니다

복음은 복잡하지 않습니다
예수님의 성품과 마음으로
세상을 선하게 살라고 말씀하시고
사람들을 사랑하고 용서하고 평화롭고 평안하게
잘 살기를 바라십니다
이것이 단순한 하나님의 마음입니다
복음은 사랑입니다

믿어보셨나요

예수님께서 십자가에서
저희들에게 힘들게 말하는
그 호소를 들었고,
믿어보셨나요

예수님께서 십자가에서 돌아가실 때
끝까지 우리를 위해서
하늘 아버지께 기도하는 그 소리를 들어보셨나요
예수님의 그 마음을
믿어보셨나요

예수님께서 하늘로 돌아가실 때
아버지께 기도하는 목소리를
그 마음을 듣고
믿어보셨나요

우리를 향한 예수님의 사랑을 믿어 줍시다
우리를 위해서 하늘로 돌아가실 때

끝까지 기도했던 그 마음과 목소리를
끝까지 듣고 사랑합시다

우리도 그런 사람이 되어서
다른 사람들에게
그 예수님의 호소를 들려줍시다
예수님의 사랑의 기도와 사랑의 마음을

어떤 만남

우리는 좋은 사람을 만날 때 기뻐합니다
그리고 좋지 못한 만남을 가지려 할 때
많이 아파합니다
우리는 예수님을 영접하면
하나님과의 만남이 가장 기뻐야 됩니다
그 만남을 통해서
다른 사람과의 만남을 이루어갈 때
우리는 먼저 주님과의 만남에 초점을 맞춰서
주님께 먼저 물어봐야 합니다

하나님,
저는 예수님과의 만남이 좋은데
제가 어떤 좋지 못한 만남을
가지려 하고 있습니다
하지만 저 만남을 통해서
예수님의 뜻이 이루어지게 한다면
저 만남도 예수님과의 만남처럼
좋은 만남으로 만들어지기를 바랍니다

우리는 모든 만남 속에서
예수님과의 만남을 먼저 이루어내야 됩니다
그래야만 모든 만남 속에서
주님의 뜻을 이루어내는 좋은 만남이 될 것입니다

사랑하는 여러분,
우리는 하나님 나라 사람으로서
예수님의 만남을 첫 번째로 알고
다른 사람과의 만남도 예수님과의 만남같이
좋은 만남으로 이루어냅시다

반성

한 번이라도 마음을 주님께 드려보셨나요
한 번이라도 가장 귀한 걸 주님께 드려보셨나요
주님께서 우리에게 주신 것 중에
십분의 일이라도
주님께 드려보셨나요
주님께서 우리를 사랑하신 만큼
십분의 일이라도
주님을 사랑해보셨나요

여러분,
주님이 우리를 온전히 사람으로 만들어 주셨고
하나님의 사람으로 만들어 주심을 믿어 줍시다
그리고 우리가 하나님의 사람이 완전히 되지 못한
그 마음을 반성합시다
그리고 주님의 사람으로 다시 거듭나서
주님의 사랑을 전하는 그런 사람이 됩시다
예수님의 마음을 알아주지 못했던 그런 점들을
많이 반성합시다

하나님의 사람이 됩시다

소원

이 땅을 살아가면서 우리의 소원은 무엇일까요
좋은 직장, 좋은 집, 좋은 배우자, 좋은 경제력, 좋은 차……
이것이 우리가 이 땅을 살아가면서
바라는 소원일 수 있습니다

그러나 우리가 예수님을 영접하면
다른 소원을 가지고
다른 소원을 성취하기를 바랍니다

하나님 나라의 사람으로서 세상을 사는 것이
가장 귀한 소원이 되기를 희망합니다
비록 좋은 차, 좋은 집, 좋은 직장을
가지지는 못했어도
우리는 하나님 나라의 사람으로서
이 땅을 살아갈 때
하나님의 뜻을 먼저 이루어드리는
그런 소원을 갖기를 희망합니다
그 소원을 가장 첫 번째로 생각하는

하나님 나라 사람이 되기를 희망합니다

이 땅에서 많이 가진 사람들이 있다면
하나님의 성품으로 많은 사람들에게 나눌 수 있는
그런 하나님 나라의 사람이 되기를 희망합니다
조금 덜 가진 사람이 있다면
자기보다 덜 가진 사람들을
먼저 생각하고 기도할 수 있는
그런 하나님 나라의 사람이 되기를 희망합니다

아브라함

하나님께서는 아브라함과 언약을 맺으셨습니다
그리고 약속하셨습니다
수많은 이스라엘 백성이 생겨나게 하겠다고
그래서 그 약속을 이루어내셨습니다
아브라함이 이삭을 바치려 할 때
하나님께서 막으셨습니다
그 순종을 기뻐하시고 인정해 주셨습니다

사랑하는 하나님의 사람들이여
우리는 하나님의 약속을 믿고 있나요
지금 이 땅에서 많은 고난과 연단과 시련들도
많이 있었을 텐데
그래도 하나님의 약속과 언약을 믿고 있나요

우리가 하나님의 성품과 하나님의 마음으로
이 땅을 살다 보면
눈에 보이는 천국으로 언젠가 인도가 될 것입니다

하나님께서 우리에게 언약해 주시는 건
이 땅에서 잘 먹고 잘 살게 해 주는
그런 육적인 축복이 아니라
하나님의 성품과 마음으로
이 땅을 살아가고 살아낼 때
주님께서 주시는 귀한 열매입니다
그 열매는 아무도 빼앗아갈 수 없는
마음의 행복한 평안이고 사랑입니다
그 사랑과 평안을 통해서
우리는 이 땅을 행복하게
잘 살아갈 수 있고 살아낼 수 있습니다

사랑하는 형제자매 여러분
하나님의 언약의 말씀을 믿고 있나요
언젠가는 눈에 보이는 천국이 임한다는 것을

모세

주님께서 모세라는 사람을 지명하셨네
그 사람을 하나님의 사람으로 이끄셨네
주님께서 그 사람에게 지팡이를 주셨네
그 지팡이를 통해서
하나님의 힘을 불어넣어 주셨네
주님께서 모세라는 사람을 통해서
이스라엘 백성을 출애굽시켜 주셨네

사랑하는 하나님의 사람들, 사랑하는 형제자매들,
하나님은
보잘 것 없고 말도 잘 못 하는
모세라는 사람을 통해서도
큰 사랑과 기적을 베풀어 주셨습니다
우리는 더 귀한 하나님의 사람들이고
하나님의 자녀들입니다
모세라는 사람을 통해서
이스라엘 백성을 출애굽시켜 주셨고
그 과정 중에 많은 기적도 보여 주셨습니다

우리는 하나님께서 사랑하시는
더 귀한 자녀들일 것입니다

예수님을 통해서
사랑의 기적을 보여 주셨고 행하셨습니다
우리는 살아있는 것 자체가
큰 축복이고 큰 기적일 것입니다
하나님의 사람으로서 살아가고
하나님의 사람으로서 살아내는
그런 모세의 기적을 이루어냅시다

피아노

한 음 한 음 울려 퍼지는 아름다운 선율
하늘에서 내려오는 아름다운 음성
서로 어우러져 하나님의 아름다운 목소리
용서와 사랑과 화해의 하모니
서로 어우러지는 아름다운 반주
사랑과 화합과 용서의 하모니
아름다운 예수님의 사랑의 선율

사랑

사랑은 예수님과 마음이 하나가 되는 것이다
예수님의 마음을 받아서
그 마음으로 사람을 대하고
그 마음으로 세상을 살아가는 것이
사랑이다
예수님과 마음이 합한 자가 되는 것이 사랑이다
예수님을 그 사랑으로써 더 기쁘게 해드리는 것이
하나님의 사랑이다
우리가 그 마음을 받아서 세상을 살아가는 것이
예수님의 사랑이다

그래서 사랑이란
예수님의 마음과 하나님의 사람의 마음이
하나로 합해지는 것
그것이 하나님의 사랑이다

소통

사람들은 이 세상을 살아가면서
자기의 뜻과 생각과 마음을
사람들하고 서로 의견을 나누고 소통합니다
그러나 소통이 잘 안 될 때도 많습니다

예수님의 사람들, 하나님 나라 사람들은
예수님과의 소통을 우선시해야 됩니다
그래야 하나님의 마음을 받아서
다른 사람과의 소통을 하다 보면
우리의 마음이 전달되고
하나님의 뜻이 전달될 때가 많습니다

하지만 사람들은 자기의 뜻을 펼치기 위해서
자기의 뜻만 소통할 때가 많습니다
자기의 뜻과 생각과 마음을
소통하려고 하는 마음들을
가지고 있을 때가 많습니다
그것은 인간적인 소통이 될 때가 많습니다

하나님의 사람들은 하나님과의 소통이 우선입니다
하나님과의 소통을 통해서 이 땅을 살아가면서
하나님 나라 사람으로서 사람들과 소통을 해야
완전한 소통이 될 것을 믿습니다
인간적인 소통보다는 하나님과의 소통을 통해서
다른 사람들에게도
하나님의 마음을 전달해 줄 수 있는
소통해 줄 수 있는
그런 사람들이 되기를 희망합니다

사람과 사람 사이에는 벽이 있어서
소통이 안 될 때가 많습니다
하지만 예수님을 통해서 그 벽을 통과해서
사람과 사람 사이에도
예수님을 통한 소통이 되는
그런 하나님의 사람들이 되기를 희망합니다

수도꼭지

수도꼭지를 조금 틀면 물이 조금 나옵니다
수도꼭지를 많이 틀면 많이 나옵니다
하나님께서 수도꼭지를 통해서
알게 해 주시는 것
우리는 세상을 살면서 많은 것들을 필요로 합니다
하지만 하나님께서는
성령의 수도꼭지를 통해서
조금 줘야 될 때는 물을 조금 주시고
많이 줘야 될 때는 많이 주십니다

모든 것이 하나님으로부터 공급되는 것입니다
하나님께서는 우리에게
필요한 만큼만 공급해 주십니다
수도꼭지를 많이 틀어서
많은 것들을 공급받는다고 좋은 것이 아닙니다

하나님께서 각자 요소요소에
성령의 수도꼭지를 틀어서

조금 있어야 될 곳은 조금
많이 있어야 될 곳은 많이
중간 정도로 있어야 될 곳은 중간 정도로
꼭 필요한 곳에 필요한 만큼 공급해 주십니다

어떤 곳은 조금만 있어도 됩니다
왜냐하면 충분하기 때문입니다
어떤 곳에는 많이 있어야 됩니다
왜냐하면 많이 있어야 되기 때문입니다

모든 것을 결정하시는 분은 성령님입니다
성령의 수도꼭지를 틀어서
모든 것들을 공급해 주시는
성령님을 찬양합시다

희생 or 헌신

예수님은 우리를 사랑하셔서 희생하셨습니다
하지만 예수님의 그 희생은
헌신입니다
왜냐하면 기꺼이 우리를 위해
자기의 생명을 주셨기 때문입니다

우리는 예수님을 영접하면
사람들에게 그 예수님을 알려 주기 위해
희생하려고 합니다
하지만 희생이 아니라 헌신을 해야 합니다
예수님의 사랑을 전해 줄 수 있는 희생은
기꺼이 하는 헌신으로 바꾸어놓아야 합니다
그래야 온전한 하나님의 사랑을
전할 수 있을 것입니다

인간적인 희생은 힘들 수 있습니다
하지만 예수님의 사랑이 우리에게 헌신이었듯이
우리도 예수님의 헌신을 닮아서

희생을 기꺼이 하는 헌신으로,
사랑으로 바꿔놓으면
예수님의 사랑을 전할 수 있는
귀한 헌신이 될 것입니다

인정

하나님께서는 우리가 어떤 길을 계획하고 걸을 때
우리가 인간적인 생각을 하더라도
성령께서 인도하신다고 합니다
우리가 인정해야 되는 것은
우리가 어떤 길을 계획하고 그 길을 갈지라도
그 길을 성령을 통해서
하나님께서 인도하신다는 것을 인정하는 것입니다

우리는 늘 인간적인 생각에 머물러 있습니다
그리고 인간적인 생각으로
일을 그르칠 때가 많습니다
하지만 하나님께서는 우리가 어떤 길을 갈 때
일부러 넘어지게 할 수도 있는 분이고
그 길을 천천히 걸어가게 할 수도 있는 분이고
그 길을 급하게 뛰어가게도 할 수 있는 분입니다
왜냐하면 우리 생각과 마음을 인도해 주시는 분이
성령님이라는 것이 맞기 때문입니다

우리는 인정해야 됩니다
우리를 통해서 역사하시는 하나님께서
늘 함께하신다는 것을
그것을 알면 우리가 가는 모든 길을
하나님의 뜻이라고 인정할 수밖에 없을 것입니다

모든 것을 계획하고 모든 일을 한다 할지라도
그 계획하는 일과 가는 길을 인도하시는 분이
성령님이라는 것을 인정하면
우리는 그 모든 것들을 주님께 맡기는 것입니다

인정합시다
우리를 통해서 하나님의 뜻이 이루어지는 것을,
그리고 우리를 통해서 그 길을 걷게 하시고
그 길을 평탄하게 인도하시는 분이
성령님이시라는 것을
그러면 마음이 평안해집니다

감사

감사는
하나님께 받은 마음으로 세상을 살아갈 때
귀하다는 것을
하나님께 알려드리는 것입니다

감사는
하나님께서 우리에게 주신 것인데
하나님의 마음으로 세상을 살면
얼마나 귀하다는 걸
우리 자신도 알고
하나님도 너무나도 잘 아신다는 것입니다

감사는
우리가 하루하루 살아갈 때
주님께서 우리에게 주신 모든 것이
너무 귀하다는 걸
주님께 우리가 기도로써
또 하나님 말씀을 읽음으로써

알려드리는 것입니다
하나님이 얼마나 귀하신 분이라는 것을
우리가 하나님께 알려드리고
하나님도 흐뭇하게 웃으면서
맞다고 말씀하시는 것입니다

하나님께서 주시는 모든 것은
다 귀하고 감사입니다
하나님께서는 항상 우리가 올려드리는
기도와 말씀을 통해서
우리의 감사를, 영광을 받으십니다
흐뭇하게 감사를 받아주십니다

성화

하나님은 사랑을 더 알기를 원하십니다
하나님은 하나님을 더 알기를 원하십니다
하나님은 예수님을 통해서
우리에게 사랑을 가르쳐 주십니다
가르쳐주시는 과정 중에
하나님께서 이끄시는 방법들이 있습니다

하나님의 마음을 가장 많이 알아갈 때
그 마지막 끝이 성화입니다
그 성화를 통해서
우리가 하나님의 마음과 합해지기를 원하십니다
성화는 하나님을 알아가는 과정의 끝입니다
성화는 하나님의 마음을 좀 더 많이 알아가는
하나님의 마음을 더 많이 닮아가는
그 과정의 끝입니다
그것이 성화입니다

고난

하나님은 세상보다는
하나님을 더 바라보기를 희망하십니다

하나님께서는 세상적인 일들을
더 멀리하기를 원하십니다

하나님께서는 세상적인 일보다는
하나님을 더 바라보면서
세상일을 하기를 원하십니다

그 과정 중에 하나님께서는
세상일이 더 안 풀리게 할 수도 있습니다
왜냐하면
하나님만 의지하기를 바라시기 때문입니다
고난은
하나님께서 우리를 더 사랑하기 위해서 주시는
하나님의 선택입니다

연단

고난을 통해서
하나님을 조금씩 알아가기 시작하면
하나님께서는 하나님을 더 사랑하는
그 다음 단계를 우리에게 준비해 놓으십니다
그래서 하나님의 사랑을 좀 더 알기를 원하십니다

그 사랑을 통해서 더 많은
하나님의 사람들이 태어나기를 바라십니다
연단이라는 과정을 통해서
하나님을 더 알기를 힘쓰고
하나님을 더 사랑하기를 원하십니다
그래서 주변에 하나님의 사람들이
더 많아지기를 희망하십니다
그것이 연단입니다

천국

천국은 예수님입니다
예수님 자체가 천국입니다
천국은
예수님과 성품이 많이 닮아있는 사람들이 모여서
예수님과 함께 살아가는 세상입니다
예수님과 성품도 마음도 서로 닮아있어서
예수님과 비슷한 모습으로 살아가는
하나님 나라 세상입니다

천국은 예수님이고
천국에서 살아가는 하나님 나라 사람들은
예수님을 많이 닮아 있습니다

이 땅에서 예수님의 형상을 회복하면
그 다음에 천국에 가면
예수님과 닮은 모습으로
예수님과 서로 사랑하면서 살 수 있습니다
그것이 하나님 나라, 예수님 세상, 천국입니다

심판

예수님이 길이자 진리이자 생명이라 하시네
그 말씀대로 살면 하나님 나라에 간다고 하시네
그렇게 살지 못한 사람은
하나님 나라를
듣지도 보지도 알지도 못한다고 하시네

예수님이 얼마나 좋은 분인지 우리는 알고 있네
예수님의 성품과 마음과 삶을 본받아서 살다 보면
눈에 보이는 하나님 나라로 옮겨주시고
하나님 나라가 우리에게 임한다고 하시네
그러나 세상 사람들은 그 삶을 알지 못하고
그 나라를 보지 못하네

예수님같이 좋은 분과 같이 있지 못하는
그 자체가 심판이라네
그래서 그들은 하나님 나라를
듣지도 보지도 알지도 못한다고 하시네
예수님같이 좋은 분과 함께 있지 못하는 자체가

심판이라 하시네

요셉

마리아는 마굿간에서 예수님을 낳으셨네
남편은 하나님의 뜻에 순종했네
마리아가 나신 예수님이
하나님의 아들이라는 걸
요셉은 순종했네
마리아가 낳은 아들이
하나님의 아들 메시아라는 걸
요셉은 순종했네
하나님의 성령이 마리아에게 임해서
하나님의 아들 예수님께서 이 땅에 오셨다는 것을
요셉은 하나님의 뜻에 순종했네

* 세상을 살다보면 우리도 알지 못하는 하나님의 뜻을 받을 때가 있습니다. 그
러나 그것이 우리 인간적인 생각 안에 머물러 있으면 안 되고, 하나님의 뜻에
온전히 순종해야 합니다. 눈으로 보이는 세상이 인간적으로는 이해가 안 될
때가 많지만 하나님께서 우리를 이끌어가시고 이끌어내는 과정일 뿐입니다.
요셉이 자기 아내 마리아에게서 예수님이 나셨을 때, 어떤 심정이었을지 저
희들은 알지 못합니다. 하지만 자기 아들이 아닌 하나님의 아들 예수께서 마
리아를 통해서 나오셨다는 것을 알고 순종했습니다. 우리는 인간적인 생각

때문에 인간적인 시선으로 사람들을 대할 때가 많습니다. 하지만 하나님의 사람들은 자기 안에 계신 성령을 통해서 사람을 대해야 될 때가 많습니다. 우리는 하나님의 사람입니다. 하나님의 사람으로서 세상을 살아가고 살아내는 그런 사람들입니다. 요셉을 통해서 우리에게 알려주시는 것은 무엇일까요? 그것은 하나님께 대한 온전한 순종입니다.

은혜

은혜는
하나님께서 우리를 사랑하시는 그 마음이다
우리가 하나님께 받은 그 마음을
사람에게 전달해주는 것이
하나님의 은혜이다

우리는 하나님의 사람이다
하나님 마음 받아서
그렇게 세상을 기쁘게 살아가는 것이
은혜이다
그래서 그 은혜로 하나님을 기쁘게 하는 것이
더 큰 은혜이다
우리가 하나님 마음 받아서
사람들에게 다정하게 대하고 사랑으로 대하면
그것이 하나님의 은혜이다
그래서 그 마음을 하나님께서 기뻐하셔서
우리를 기뻐하시는 것이
너무 큰 은혜이다

우리가 그 은혜를 사모하고
그 은혜로 세상을 살아갈 때
하나님의 은혜를 사람들에게 전할 때
하나님은 너무 기뻐하신다
그래서 우리가 세상을 그렇게 살아가면
우리가 하나님께
더 큰 은혜를 돌려드리는 일이 되고
그것이 더 큰 하나님의 은혜이다

하나님 안에

사람들은 주님을 위해
뭘 희생하고 뭘 헌신해야 될까를 생각합니다
그러나 그렇지 않습니다
주님 안에 있으면 됩니다

주님 안에만 있으면
그것이 주님을 위해서 일하는 것입니다
그런데 사람들은
분주히 움직이려고 하고
바삐 뛰어다닙니다
그것은 하나님을 위해서 일하는 것이 아닙니다
주님 안에 있으면 됩니다
주님 안에서 벗어나지만 않으면 됩니다

하나님 안에서 평안하고
하나님 안에서 화평하고
하나님 안에서 사랑하고
하나님 안에서 용서하고

하나님 안에서 즐겁게 지내는 것
그것이 하나님 안에 있는 것입니다
그러면 어디에 있더라도 주님 안에 있게 되고
그게 바로 하나님 나라입니다

세상 어느 곳을 돌아다니고 있더라도
우리 안에 하나님 나라가 있습니다
몸은 세상에 있지만
마음의 눈이
우리 안에 계신 하나님 나라를 향하고 있으면
하나님 나라를 돌아다니는 것입니다
그것이 하나님 안에 있는 것입니다

왕의 성품으로

성도의 삶이 주님을 기쁘게 하려면
주님이 주님 되심을 인정해야 합니다
그것은 우리가 하나님 나라 백성이라는 것을
알고 사는 것입니다
그러면 우리가 주인이 누구인지를 알게 됩니다
왕이 누구인지 안다는 얘기입니다
왕이 누구인지 알면 하나님 나라 백성이 되어
이 땅에서 살아가는 것입니다
눈에 보이지 않는 하나님 나라 왕의 백성으로서
이 땅에서 사는 것입니다
하나님 나라 왕의 성품으로 사는 것입니다
왕 같은 제사장으로서
이 땅의 삶을 누리고 사는 것입니다

왕께서는
눈에 보이는 걸 욕심내고 살라고 하지 않습니다
왕께서 우리에게 이 땅을 살면서
사람들에게 악하게 하면서 살라고 하지 않습니다
이 땅에서 왕의 생각과 왕의 성품으로

사람들에게 베풀고 사랑하며 살고
용서하며 살고 화평하게 살라고 하십니다

하나님 나라의 왕의 성품과 왕의 자녀로서
이 땅을 사는 것입니다
그게 바로 하나님 나라 백성이고
왕 같은 제사장으로 이 땅에 사는 것입니다

한 사람의 왕 같은 제사장이
이 땅을 밝게 비춥니다
왕이신 예수께서 그러셨듯이
하나님 나라의 사명을 가지고
이 땅에 사는 것입니다
하나님 나라 백성답게 살면
이 땅을 하나님 나라로 조금씩 조금씩
만들어가는 것입니다

왕께서 우리에게 원하시는 건
왕의 백성으로 왕의 자녀로서

왕처럼 사는 것입니다
왕처럼 산다는 것은
왕의 성품과 마음으로
이 땅을 밝게 비추면서 사는 것입니다
반짝반짝

한 사람의 영혼도 귀히 여기면서 사는 것입니다
한 사람의 아픔도 같이 아파하면서 사는 것입니다
한 사람의 기쁨도 같이 기뻐하면서 사는 것입니다
그것이 왕께 영광을 돌리는 것입니다
이 땅을 왕의 뜻으로
따뜻하게 만들어가는 것입니다

하나님 나라는 하늘에 있지만
이 땅도 하나님 나라로 조금씩 조금씩
만들어가는 것입니다
그러면 언젠가 이 땅도
왕의 세상이 되는 것입니다

주기도문

주님의 마음을 노래하네
아버지를 향한 사랑의 노래를
사랑하는 자녀인 우리에게 알려 주시네
아버지에게 이렇게 사랑한다고 말씀드리라고
아버지에 대한 사랑의 노래를

예수님이 하나님 나라입니다

성경에는 하나님 나라에 대해 잘 나와 있습니다
성경에는 하나님 나라에 가는 방법에 대해
나와 있습니다
하나님이 주신 하나님 나라의 성품으로
삶을 살아야
하나님 나라에 간다고 말씀하십니다

이 땅의 사람들은
왕을 영접하지 않은 세상 사람들은
착하게만 살면 천국 간다고 믿고 있습니다
인간은 자기 생각대로만 착하기 때문에
자기 생각대로 살면 하나님 나라에 가지 못합니다

그래서 왕의 성품과 왕의 세상을 잘 살아야
하나님 나라에 갈 수 있습니다
그래서 하나님께서
성경을 우리에게 주신 것입니다
성경은 하나님 나라, 천국에 대해 말씀하시고

하나님 나라에 가지 못하는 사람들에 대해서도
말씀하십니다
하나님 나라는 궁극적으로
예수님 자신이 하나님 나라입니다

하나님 나라로서 이 땅에 오셨고
하나님 나라로서 하늘에 들림받아 올라가셨습니다
하나님 나라가 어떤 곳인지 알려면
예수님을 보면 됩니다

성경의 많은 말씀들이
예수님을 예언하고 있습니다
많은 선지자들이 예수님을 예언합니다
그분이 하나님 나라의 주인이기 때문입니다
그분이 하나님 나라로서 이 땅에 오셨고
하나님 나라로서 하늘에 가셨습니다
하나님 나라가 어떤 곳인지 알려면
예수님을 봐야 됩니다

예수님이 어떻게 사셨고
예수님이 어떻게 말씀하셨는지
예수님의 성품이 어떠셨는지
그래야 우리가 그분의 백성이 될 수 있습니다
궁극적으로 하나님 나라는 예수님 자체입니다

다윗과 골리앗

어린아이가 세상적인 큰 산을
돌 하나로 무너뜨렸네
다윗이 골리앗을 이겼네
우리 하나님의 사람도 세상이라는 큰 산을 향해
복음을 던지네
예수를 던지네
그래서 세상이 무너졌네
하나님 말씀으로

그래서 하나님의 사람은
가장 큰 다윗이 될 수 있었네
그래서 우리는 예수님의 이름으로
세상에서 가장 큰 다윗이 될 수 있었네
우리는 하나님 나라의 아이들이네

하나님께 드릴 수 있는 것

하나님께서는 우리에게 주신 것을
받으려고 하지 않으십니다
하나님께서는 우리에게 목숨까지도 주시고
받으려고 하지 않으시는 분입니다

그냥 하나님을 인정하고
하나님을 믿으라는 얘기입니다
그게 하나님께서 받으시는 제사이고
귀한 영광입니다

하나님께서는 우리에게 모든 것을 주십니다
예수님의 십자가를 통해서
생명을 우리에게 주셨습니다
예수님의 생명을 통해서
우리가 생명을 얻은 것입니다

우리는 믿는 도리를 지키는 것밖에 없습니다
그게 하나님께 영광 돌리는 것이고

하나님께 드리는 것입니다
하나님께서는 우리에게 모든 것을 주셨지만
바라시는 것이 없습니다

그냥 하나님께서 주님 되심을 인정하고
살아계시는 하나님이심을 믿고
우리가 믿는 도리를 지키라는 것밖에 없습니다
믿음을 지켜내는 것이
하나님께 모든 영광을 드리는 것입니다
하나님께서 주신 생명을 지키기를 원하십니다
예수님께서 우리의 생명 되시는 분이기 때문입니다
생명의 말씀을 지키기를 원하십니다

하나님은 우리에게 주신 것을
돌려달라고 하지 않으시는 분입니다

예수님의 생명이 우리 안에 있고
그 생명을 지키기를 바라시는 것뿐입니다

영원한 삶

하나님의 말씀은
영원한 삶에 대해서 얘기하시는 것입니다
이 땅에서는 영원한 삶을 못 누리지만
영원한 삶을 누리기 위해서는
영원한 삶을 누리는 사람처럼
살아가라는 말씀입니다

우리는 육의 옷을 입고 있기 때문에
언젠가는 죽습니다
영원한 삶을 누리기 위해서는
영원한 삶을 살 것처럼 살라는 얘기입니다
그것은 영원하신 하나님 말씀을
지키고 살라는 뜻입니다

사랑하고 용서하고 화평하게 지내면서
하나님 말씀대로 살라고
그것이 영원히 살 것처럼 사는 것입니다
그래야 하나님 나라에 갈 수 있습니다

하나님 말씀은 그렇게 순수하게 받아들여서
지키고 사는 것입니다
그 말씀을 해석하려고 하지 말고
하나님 말씀을 말씀 그대로 순수하게
어린아이처럼 받아들이고
하나님 말씀이니까 그렇게 살아보는 것입니다
살아가고 살아내는 것입니다
그러면 영원한 삶이 기다리고 있는 것입니다
그래서 하나님 말씀은 의미가 있는 것입니다
하나님 말씀은 영원한 의미가 있는 것입니다

이 땅에서의 의미가 아니라
하나님 말씀은
영원한 삶을 말씀하시는 것이기 때문에
영원한 의미가 있습니다
이 땅에서 사는 삶은
이 땅에서만 의미가 있는 것이지만
하나님 말씀은

영원한 삶에 대해서 말씀하는 것이니까
영원한 의미가 있습니다
그래서 하나님께서 말씀을 지키고 살라고
말씀하시는 것입니다

화나는 일이 있더라도 참고,
사랑하고 용서하고 그렇게 살다 보면
좋은 날이 온다고

하나님 말씀은 단순합니다
그렇게 말씀대로 한번 살아보라고
그러면 하나님께서 주시는
온갖 좋은 선물들도 있습니다
그것이 복음입니다

사람 감싸기

돌에 맞는 사람 대신
돌을 맞아 보셨나요
돌을 맞고 있는 사람을 한 번
감싸 줘 보셨나요
예수님은 돌에 맞는 사람을 감싸 주시고
그 사람 편을 들어 주셨습니다
우리도 그럴 수 있나요
우리도 돌을 맞고 있는 그 사람을 감싸 주고
대신 돌을 맞아 주고
그 사람 편을 들어 줄 수 있나요
이게 바로 예수님의 사랑이고
예수님의 용서입니다

사랑하는 여러분,
돌을 맞고 있는 그 사람이
아무리 큰 죄를 지었더라도
다시 한 번 그 사람에게 기회를 줍시다
예수님의 사랑으로서

번제

하나님께 맨 첫 번째 드리는 번제는
자기가 가진 것 중에서 가장 귀한 것을
첫 번째로 드리는 게 번제입니다

하나님께서 가장 귀하게 받으시는 번제는
우리 자신입니다
우리 자신이 가장 귀한 번제물입니다
하나님께서는 우리에게 가장 귀한 것을
맨 첫 번째 번제물로 받으십니다
우리가 가장 귀합니다
우리가 가장 귀하기 때문에
우리에게 가장 귀한 것을
받고 싶으신 것입니다

우리 자신 그 자체만으로도 충분히 귀합니다
우리 자신 그 자체가 번제물입니다
우리가 하나님을 믿기 때문입니다
하나님을 믿으면

그 자신이 번제물이 되는 것입니다

예수 그리스도께서도
하나님께 첫 번째 올려드리는 번제물로서
이 땅에 오신 것입니다
하나님께 드리는 맨 첫 번째 번제물이
예수님이셨습니다

예수님을 믿으면
우리도 하나님께 드리는 번제물이 되는 것입니다
우리 자신이 작은 예수가 되어서 번제물이 됩니다
하나님께서 가장 귀하게 받으신 번제물은
예수님이셨습니다
그 다음에는 우리 작은 예수들입니다

아버지께서 가장 귀한 것을 우리에게 주셨습니다
하나밖에 없는 아들
예수 그리스도라는 번제물입니다

예수 그리스도라는 화해의 번제물을
먼저 우리에게 주셨습니다
그래서 우리에게도 그것을 요구하시는 것입니다
우리도 살면서 가장 귀한 걸
아버지께 드리라는 얘기입니다

우리도 마땅히 아버지께
화해의 번제물을 드려야 되는 것입니다
그 화해의 번제물이란
예수 그리스도를 향한 사랑과 믿음입니다
그게 아버지께 드리는
가장 귀한 화해의 번제물입니다

아버지께서는 예수를 믿는 그 믿음의 도리를
지키라고 하시는 것입니다
그 도리를 지키는 것이
우리가 드리는 번제물인 것입니다

신약

신약은 예수님입니다
유대인이 아닌 이방인을
영적 이스라엘 백성으로 만들려고
오신 분이 예수님이십니다

구약의 이스라엘 백성과
신약의 이방인이 만나서
완전한 하나님 나라 백성이 됩니다
그래서 예수님은 구약과 신약의 하나님이십니다

이스라엘 백성과 이방인이 만나서
온 인류 전체가 하나님 나라 백성이 되었습니다
우리는 이방인으로서
영적 이스라엘 백성이 되었습니다
우리는 영원한 하나님 나라의 백성입니다

만세

하나님 바라보면 하나님 만세
세상 바라보면 세상 만세

어느 것이 영원한 만세인지
우리들은 너무나도 잘 아네

우리 하나님 바라보며 세상 살다 보면
하나님만 경배하니까 하나님 만세
세상 것 바라보면 세상만을 위해 사니까
그것은 세상 만세

세상 만세는 백 년도 못 가지만
하나님 만세는 영원한 만세

어느 것이 더 훌륭한 만세이고
영광된 만세이고 영원한 만세인지
우리 하나님의 사람은 너무나도 잘 안다
하나님 만세

침묵

외롭지 않아요
아무 말 하지 않아도
나쁜 마음으로 나쁜 말을 하는 것이
더 외로워지는 거랍니다

힘들지 않아요
아무 말하지 않아도
나의 마음을 알아주는 분이 계시기에
마음 속에 사랑하는 마음만 있다면
이 긴 침묵은
결국
사랑입니다

아버지

아버지께서 세상을 창조하시고
아버지께서 믿음을 허락하시고
아버지께서 우리에게 언약하셨습니다
하나님의 나라로 인도해 주시겠다고

우리는 예수님을 통해서
아버지의 나라로 들어갈 수 있습니다
그분이 바로 여호와 하나님이십니다
아버지께서 예수님을 이 땅에 보내 주시고
예수님을 통해서
아버지의 나라, 하나님의 나라로 인도해 주십니다

하지만 조건이 있습니다
예수님을 통해서만이
아버지의 나라로 인도가 될 수 있습니다

우리는 예수님을 의지하고
예수님을 생명처럼 사랑하고

예수님을 생명처럼 지켜야 합니다
왜냐하면 그분이 유일하신 하나님의 아들
예수 그리스도이기 때문입니다

아버지께서는 모든 것을 창조하시고
모든 것을 지으셨습니다
하나님 나라로 인도하기 위해서
예수님을 이 땅에
사랑의 이름으로, 생명의 이름으로 보내셨습니다
우리는 예수님을 생명처럼 사랑하고
예수님의 생명을 우리 안에서
지켜내야 합니다
그래야 아버지의 나라, 하나님 나라로
인도가 될 수 있습니다

우리는 아버지를 너무나도 사랑합니다
왜냐하면 아버지가 바로 하나님이시기 때문입니다

아버지는 예수님을 통해서
우리를 인도해내셨습니다

우리는 이 땅에서 예수님의 이름으로
출애굽 될 때가 있습니다
출애굽 되어서
언젠가는 하나님의 나라로 인도가 됩니다
모든 것이 아버지의 뜻입니다